AF395224

STANCES
ET REGRETS SVR LA MORT DE HENRY LE GRAND, Roy de France & de Nauarre.

Par Anthoine Cotteuaille.

A PARIS,

Chez PIERRE RAMIER, ruë des Carmes, à l'image S. Martin.

M. D. C. X.

Auec Priuilege du Roy.

A MONSEIGNEVR

MONSEIGNEVR DE ZAMET,
Conseiller du Roy en ses Conseils d'Estat
& priué, Gentilhomme ordinaire de sa
chambre, Capitaine de Fontainebel-
leau, & Surintendant General de la
maison de la Royne.

MONSEIGNEVR,
Ayant l'honneur d'estre du
nombre de vos seruiteurs,
ie serois indigne à iamais
de veoir la lumiere du iour, si
ie ne donnois des larmes à ce beau
soléil François eclypsé (de qui nous
verrions encore la clarté, si elle estoit
racheptable par les tenebres de vostre mort) puis que la perte d'iceluy
qui chassoit les obscuritez de tout cet
vnivers, vous est aussi particuliere que
generale à toute la France, ainsi que
tesmoignent les pleurs qui ne donnét
point de relasche à vos yeux : Mais ie

n'oferois prefenter le facrifice de ma
Mufe àce bel Aftre ; qui fait (Mon-
feigneur) que ie le vous donne, afin
que quand vous luy prefenterez les
douleurs que vous auez d'eftre priué
du contentement que vous auiez de
le voir face à face, vous luy donniez
les regrets que vous offre auec toute
humilité, celuy qui eft, & qui defire
auoir l'honneur d'eftre eternellemenꞇ

MONSEIGNEVR,

VOSTRE TRESHVMBLE
& tres-obeyſſant feruiteur,
ANTHOIN┌ ┌ ┌TEVAILLE.

STANCES

ET REGRETS SVR LA MORT DE HENRY LE GRAND, Roy de France & de Nauarre.

N'ALLON plus cherchant
noſtre Hector,
Ne cherchon plus noſtre
Neſtor,
Les Dieux frappez de ialouſie,
De ce qu'il eſtoit adoré,
Luy trenchant le fil de ſa vie,
D'icy bas nous l'ont retiré.

Le ciel auoit de ſa richeſſe
En luy fait ſi grande largeſſe,
Qu'il eſtoit l'abregé des cieux:
Tous nos eſprits & nos penſees,
Ne ſe ſouuenans plus des Dieux,
Deuers luy ſeul eſtoient dreſſees.

Nous adorion tous son image,
Le Ciel ialoux de cest hommage,
Arma vne infernale main
Contre luy qui auoit puissance,
D'esclauer tout le genre humain
Au joug de son obeyssance.

Dieux, si la France auoit erré
D'vn mal vng peu plus moderé,
Vous deviez punir ses offences,
Vous luy deviez donner la mort,
Plutost qu'exercer vos vengeances
Sur ce Roy son seul reconfort.

Nous avon perdu nos plaisirs,
La terre n'a plus nos desirs,
La terre est maintenant deserte.
Adieu tous nos contentemens,
Le ciel se rit de nos tourmens,
Et s'enrichit de nostre perte.

Ah! que ce iour fut rigoureux
Quand ce fils de l'orc tenebreux,

Poussé d'vne maudite enuie,
Osa cruellement, à tort,
De son glaiue donner la mort
A cil qui nous donnoit la vie.

Que si mes iustes passions
Luy font des imprecations,
J'ay bien raison de le maudire,
Et l'accuser de cruauté,
Puis qu'il a priué de clarté
Ce grand & florissant Empire.

D'vn tigre tout armé d'horreur
Ce Prince eust calmé la fureur
Par les charmes de son visage;
Mais ce demon de cruauté,
Tout despouillé d'humanité
N'en a point delaissé sa rage.

Maudit celle qui te conceut,
Et la terre qui te receut,
Cause de la perte publicque:
Maudit son pere (criminel)
Il n'est point de monstre en Afrique

Qui ne soit moins que toy cruel.

Es enfers le vice habitoit,
Icy bas la vertu regnoit,
Auant que tu fusse sur terre,
Et presque né tu n'estois pas
Que le vice guidoit tes pas,
Afin de nous faire la guerre.

Pluton, le maistre des Enfers,
Deliura le vice des fers
Afin de traicter ton enfance:
Tu fus engendré de la nuict,
Des Dieux & des hommes maudict,
Cause du malheur de la France.

Quand tu fus grand, la cruauté
Qui petit t'auoit allaicté
Voulut auoir la recompence
De sa peine & de ses labeurs,
Rauissant HENRY, *nos douceurs,*
Tu as raui nostre esperance.

Ce vice t'auoit obligé,
HENRY le GRAND *t'a desgaigé*

Son

Son sang effaça ta promesse,
Au vice tu ne doibs plus rien,
Nous laissant pour tout, la tristesse,
Tu l'as payé de nostre bien.

HENRY des yeux le doux obiect,
En terre estoit le seul subiect,
Où les vertus estoient encloses,
Ce Prince estoit leur seul renfort,
Pour les auoir fallut sa mort,
Qui mist en espines nos roses.

Jamais le sang de l'innocent,
N'apporta proffit au meschant:
Donnant à mort ceste victime
Plein de douceur, & toy de fiel,
Pour recompense, de ton crime,
Tu as l'enfer, & luy le Ciel.

Mais l'enfer a besoing d'horreur,
D'ire, de tourments, de fureur,
De supplices, & de colere,
De gehennes, & de cruauté:
Maudite engence de vipere,

Pour payer ta temerité.

Les yeux du nautonnier Charron
Ne voyent point dans l'Acheron
De peine assez pour ton supplice:
Ie ne puis assez dans mes vœux,
Souhaitter de flammes, & de feux,
Pour toy seul, meschant sans complice.

Ce vieillard en te passant l'eau,
N'a rien veu dedans son batteau,
De plus horible, abominable,
Et iamais l'obscure maison,
Ne seruit de chartre, & prison,
A vne ame plus detestable.

Chascun crie en te maudissant,
L'horreur du foye renaissant
N'estre point à ton crime esgalle:
Et la grandeur de ton meffaict,
Fait que les tourmens de Tantalle,
Sont trop petits pour ton forfait.

On ne sçauroit assez songer
De supplices pour se venger,

Voyant ta superbe arrogance,
Il n'est point de cruel bourreau:
Ie voy des douceurs en Mezence,
Et au Falaricque taureau.

Dis cruel ta temerité,
N'a elle pas plus merité
De supplice, que n'a la bande
Qui voulut combattre les Dieux?
Ton faict est plus audacieux,
Ta peine doit estre plus grande.

Tu porte plus dedans ton cœur
De feux, de soulfre & de rancœur,
De fureurs, d'horreurs & de rage,
Que ne fit iamais Ixion;
On ne peut faire eslection,
D'assez de maux pour ton dommage.

Si tu es enfant de la nuit,
Comme ton crime nous le dit,
Gueule beante de Cerbere,
Diminuant nostre clarté,
C'est afin de plaire à ta mere

Pour croiſtre ſon obſcurité.

Mais i'accuſe auſſi le Soleil,
Pourquoy ſon viſage vermeil,
Nous paruſt-il cette iournée?
Il eſt coulpable, ſa clarté
S'accordant à la deſtinée,
Nous met dedans l'obſcurité.

Fermez vous pour iamais, mes yeux,
Il n'eſt plus d'obiect gracieux,
Ferme toy pour iamais, paupiere,
Mourons maudiſſant le flambeau,
Qui iamais preſta ſa lumiere
Pour mener ce Prince au tumbeau.

Allez plaiſirs, venez douleurs,
Triſteſſe, cris, prenez noz cœurs,
Pleurons, pleurons pauure Prouince,
En perdant HENRY DE BOVRBON,
Nous auons faict perte d'vn Prince
Clement, Vaillant, Prudent, & bon.

Il nous traictoit deſſous ſa loy,
Comme vn pere & non côme d'vn Roy,

Las! detestons ceste vipere,
Maudissons ce cousteau maudit
Qui a fermé de ce bon pere
Les yeux d'une eternelle nuit.

Ah! Dieu, que nous serions heureux
Si la Parque portoit des yeux,
Ell' verroit nostre maladie,
Se repentant de ses rigueurs,
Et prenant pitié de nos pleurs,
Ell' rendroit à ce Roy la vie.

Ie me trompe afin de voir mieux,
Argus luy a cedé ses yeux,
Ces coups ne vont à l'aduanture,
Perfide elle a dressé son trait,
Vers l'ouvrage le plus parfait
Qu'eust iamais formé la Nature.

O Parque tu te trompe fort,
D'auoir exercé ton effort
Encontre ce foudre de guerre,
Son courage, à qui tout cedoit,
Plus de mortels te promettoit,

Que Iuppiter par son tonnerre.

Pardonne, ie suis abusé,
Ton carcois n'est plus mesprisé,
Car de ce grand Dieu de Victoire,
D'avoir esté Victorieux,
Il a remporté plus de gloire,
Que s'il eust surmonté les Dieux.

Qui est-ce qui voyant son amy,
D'vn sommeil de fer endormy,
N'auroit l'ame de deuil frappée?
Ne ressentir point de douleur,
T'a tramé, (ô Prince) estant couppée,
C'est estre, comme vn roc, sans cœur.

Pour te r'avoir, contre les Cieux
Les habitans de ces bas lieux,
Enflammez de iuste collere,
Eussent ia dressé le combat,
Mais la crainte de te desplaire,
Leur a faict cesser ce debat.

L'espoir nous promet quelque iour,
Dedans le celeste seiour,

Que noſtre ame ſera ravie,
Ia nous euſſions ſuivi tes pas,
Mais ceſte rigoureuſe vie
Nous retenant ne le veut pas.

Tout eſt de miſere remply,
Icy bas rien n'eſt accomply,
Tout le monde ne veut plus vivre,
Laſſez ſommes d'eſtre en ce lieu,
Chacun deſire de te ſuivre,
Et de t'adorer comme vn Dieu.

Tous nos regrets, & nos douleurs,
Diront en augmentant nos pleurs,
Que tu laiſſe par ton abſence,
A la terre autant de malheur,
Comme le Ciel par ta preſence,
Reçoit de ioye, & de bon-heur.

Dedans tous les valleureux cœurs
Qui te ſuivoient, Roy des vainqueurs,
Vn eſpoir avoit pris naiſſance,
Que tout fleſchiroit ſoubs tes loix,
Mais ta mort (ô grand Roy) des Roys,

A faict mourir ceste esperance.

Quand ie repense à ta valeur,
I'ay le cœur saisi de douleur,
Ie maudis le traict de la Parque,
Tu as les tresors d'vn commun,
Si tous les sceptres n'estoient qu'vn,
Tu en eusse esté le Monarque.

Nous trouuons du contentement,
Au milieu de nostre tourment
Qui nous a reduits en misere,
Si ta mort nous rend malheureux,
Nous nous estimons tres-heureux,
D'auoir vescu soubs ta lumiere.

Sans cesse ta chere moitié,
Coniointe à toy par amitié,
Dresse à toy sa voix pitoyable,
Prends pitié, dit-elle, de moy,
Lassee de pleurer miserable,
Fay que ie volle aupres de toy.

Quelquesfois ell' iette ses yeux
Vers le diuin lambri des Cieux,

Difant Ciel ſi tu ne veux rendre,
Celuy dont ie pleure la mort,
Fai toſt qu'vn favorable effort,
Me reduiſe aupres de ſa cendre.

Mais eſcoute vn peu, glorieux,
La voix de ton fils genereux,
Il dict qu'il eſt en ſeruitude,
Eſtant Dauphin deſſous ta loy,
Qu'il auoit plus de beatitude
Que d'auoir le tiltre de Roy.

Depuis que tu n'es plus viuant,
Comme la feuille au gré du vent,
Nous ſommes touſiours aux allarmes,
Nous ſommes en captiuité,
Nous n'auons plus de liberté,
Que de verſer pour toy des larmes.

Tu n'es pas monté ſeul és Cieux,
ZAMET, l'honneur de ces bas lieux,
A quitté ce malheureux nombre,
Mais me ſemble que ie le voy,

Je me trompe, ce n'est qu'vn ombre,
Son esprit est aupres de toy.

Si les Dieux les armes és mains,
Icy bas contre les humains,
Pour t'avoir, eussent fait la guerre,
Ton Royaume eust tant combattu,
Que le Soleil de ta Vertu
Eust tousiours esclairé la terre.

Les Princes yssus de ton sang,
Et ceux qui sont d'vn plus bas rang,
De leurs cœurs t'ont faict sacrifice,
Chascun n'a plus rien auec soy,
Que l'espoir de rendre seruice,
A ton fils autant comme à toy.

Tant que le Soleil nous verra
L'homme tes beaux faicts chantera,
On ne cessera de te plaindre,
Disant, maudissant le malheur,
Que tu ne te feis pas moins craindre,
Par force qu'aymer par douceur.

S'il est vray que le Nautonnier,
Le Pilotte & le Marinier,
Ne craint point l'aduerse fortune,
La fureur des vents ny de l'eau,
Qu'il vogue en despit de Neptune,
S'il s'adresse à l'Astre Iumeau.

Les tempestes & le danger
Ne feront nostre teinct changer,
En ceste grand mer de miseres,
Sans dresser nos vœuz vers les Cieux,
Tes enfans se feront nos Dieux,
Reclamez par nous, salutaires.

Tu ne fus pas seul abbatu,
O vray sejour de la vertu,
Par le coup de ce misandrope,
Bas en terre fut ton Estat,
Mais ton sage & prudent Senat
Le leua de ceste syncope.

Ce venerable Parlement
S'est comporté fort sagement,

Au salut de ceste Prouince
Declarant ton fils nostre Roy,
Nous voyons dans ce ieune Prince,
Les vertus qui estoient en toy.

Or adieu des Princes l'honneur,
Adieu des Monarques la fleur,
Et de tous les Roys la merueille:
C'est trop parlé repose en paix,
Et croy que la terre à iamais,
Dira ta vertu nompareille.

Sus sus, mes vers à haute voix,
Chantez la Royne des Frauçois,
Dumonde en vertu la premiere,
Pour auoir perdu son Soleil,
Les diuins rais de son bel œil,
N'ont iamais manqué de lumiere.

Au milieu de l'obscurité,
Ell'nous donne de la clarté,
C'est Diane, c'est nostre Aurore:
Preuoyant nos futurs ennuis,

En France elle est venue esclorre
Vn Soleil, pour chasser nos nuicts.

Princesse permets à ces vers,
De te porter par l'Vniuers,
Non, ma puissance est trop petite
Pour pouuoir chanter tes honneurs,
Il faudroit des diuins sonneurs,
Afin de chanter ton merite.

Quand le grand flambeau lumineux
Va porter son feu radieux,
A son tour, à l'autre hemisphere,
L'agreable nous est fascheux,
Ce qui souloit parauant plaire,
Est desagreable à nos yeux.

Ce beau Soleil nous est osté,
Le iour n'est plus qu'obscurité,
La clarté qu'horreur solitaire:
Mais helas! ie me trompe fort,
Ses vertus en despit du sort,
Ne perdront iamais leur lumiere.

Vn iour le pré perdra ses fleurs,
La fleur ses diuerses couleurs,
La couleur sa rare richesse:
Ce Prince est mort:mais sa bonté,
Ses faicts, son los, & sa sagesse,
Dureront à l'eternité.

TVMVLVS HEN-
RICI IIII.

REGIVS hic tumulus, tumulos superemi-
  net omnes:
Possidet hunc, cui se tota dedisset humus.

ALIVS.

Si natura dedit geminas, mea dextra Coronas
Mille dedit, cœlis vltima palma data est.

ALIVS.

Audaces cessent nunc astra timere Gigantas,
Me cœlo, vt seruem sydera, terra dedit.

ALIVS.   (ocelle?

Cùm fugit HENRICVS, lachrymas cur fundis
Quis perdens oculus lumina, non lachrimet?

ALIVS.

Cur petijt cœlos HENRICVS, ne pete causas:
Diui virtutem semper ad astra vehunt.

ALIVS.   rem

Quid timet hoc regnum? deponat mente timo-
Gallia, si non sim, filius alter ego est.

FINIS.

Extraict du Priuilege du Roy.

PAR grace & Priuilege du Roy, il est permis à Pierre Ramier Maistre Imprimeur & Libraire en ceste ville de Paris, d'imprimer ou faire imprimer, vendre & distribuer vn liure intitulé, *Stances & regrets sur la mort de Henry le Grand Roy de France & de Nauarre*, par *Anthoine Cottenaille*: Et deffenses sont faictes à tous Libraires & Imprimeurs, & autres personnes de quelque estat, qualité & condition qu'ils soient, d'imprimer ou faire imprimer, vendre ne distribuer autres que ceux que ledit Ramier aura imprimez, à peine de confiscation desdicts liures, & d'amende arbitraire, ainsi qu'il est plus amplement declaré par les lettres de priuilege, donnees à Paris le dixseptiesme iour d'Aoust 1610.

Signees,　Par le Roy en son Conseil,

P E T I T.